Taïna está en llamas

Taïna quiere a Marvens más que nada en el mundo

Ashley Colem

TAÏNA ESTÁ EN LLAMAS

First edition. January 14, 2024.

Copyright © 2024 Ashley Colem.

ISBN: 979-8223278962

Written by Ashley Colem.

Also by Ashley Colem

Bien Trop Brutal

Obsede Par Elle

Limite dépassée

Amour Improbable

Kataliya, la Parfaite Élue

Le Choix Ultime d'un Seul Amour

Réveille-toi, Barbara

Sexe à Répétition

Taïna est en feu

Captive d'une Nuit Enneigée: Jusqu'à ce qu'elle apparaisse et que son âme se sente captivée

Ces Attouchements Tabous: Cette nuit-là, il a changé ma vie pour toujours

Épuisement: Sienna est peut-être jeune, mais son corps sait ce dont il a besoin

Il va l'avoir: William veut Jesse plus que tout au monde

La Femme de ses Rêves: Il est obsédé par la jeune beauté qui lui a volé son cœur

Le No 1 des Connards: Il ne cherche pas d'excuses pour ce qu'il est ou ce qu'il fait

L'étrange Mariage du Milliardaire

Maintenant... Elle est à moi pour Toujours: Je mets un bébé dans son ventre et une bague en diamant à son doigt

Piégé par elle
Tenir si Fort: Il ne savait pas qu'une obsession pouvait s'emparer de lui aussi fort
Un Alpha de Mauvais Caractère: Aucune femme n'a jamais été capable de le gérer
Un Échange Très Étrange: Le destin de Cian et de Serenity, croisés dans un lycée américain
Limite Superato
Amore Improbabile
Kataliya, la Perfetta
La Scelta Definitiva di un Singolo Amore
Sesso ripetuto
Taina è in Fiamme
Esaurimento
Intrappolato da lei
La Donna dei Suoi Sogni
Lo Stronzo #1
Ora è mia... per sempre
Prigioniero in una Notte di Neve
Sta per Averla
Stringere Così Forte
Obsession: Tout a changé la première fois que Jackson a vu Dina
Svegliati, Barbara: Stare con Clark diventa un grosso problema
Agarra tan Fuerte
Atrapado por ella
Cautivo en una Noche de Nieve
Despierta, Bárbara
El Éxtasis de lo Prohibido: Después de que Nadia descubre que Bady la engaña
El gilipollas nº 1: No pone excusas por lo que es o por lo que hace
Ella es mía Ahora... Para Siempre

La Mujer de sus Sueños

L'estasi del Proibito: Dopo che Nadia scopre che Bady la tradisce

L'extase de l'interdit: Après que Nadia découvre que Bady la trompe

Límite Excedido

Obsesionado con ella: Finalmente tengo la oportunidad de hacerla mía

Taïna está en llamas

Un Alfa con mal Carácter

Marvens Telson esconde algo. Sabe de su compañera, pero no se lo ha dicho y no ha hecho valer sus derechos sobre ella. Él quiere esto más que nada, pero Taïna Cain es... débil. Él debe protegerla, y lo hará, incluso si tiene que evitarla. Sin embargo, es doloroso estar cerca de ella sin reclamarla. Se ve obligado a ceder cuando la ve sola. Ella debe ser suya.

El cuerpo de Taïna arde después de un solo beso. Cuando él la llama a su cabaña, ella quiere que él entienda que está equivocado porque no puede creer que este hombre sea suyo.

Los Marvens no se equivocan. Él es el jefe. Taïna lo quiere más que nada porque es duro, tenaz y no acepta un no por respuesta.

Su unión ya no puede ocultarse debido a la inminente luna llena. ¿Podrá Marvens defenderla de la manada que, teme, podría prohibir su unión? Hará lo que sea necesario para protegerla, pase lo que pase. Es hora de que la manada entienda con quién están tratando, porque ella es su compañera.

Capítulo 1

marvens Telson miró hacia el estacionamiento donde Taïna Cain estaba cargando su camioneta para entregar los sándwiches del día. La ciudad de Ville albergaba a algunos de los hombres lobo más mortíferos del país. Era una manada de la que él era el alfa y, por eso, no podía permitirse ser débil.

taína Era un lobo débil.

Ella no dominó ni forzó su mano por el poder. Se tomó su tiempo con todos. Para la manada, ella era la madre cariñosa que todos querían ser. No importaba lo que la gente quisiera, ella estaba ahí para ellos.

Lo que le hacía tan difícil apartar la mirada era que Taïna también era su compañera. Pero su gen de lobo era tan débil que ni siquiera podía sentir que él era su compañero.

Había tantas mujeres dentro de la manada que ansiaban su toque, su atención, y sin embargo, era la pequeña Taïna, la joven que siempre vio como débil y por la que se preocupaba constantemente porque no podía defenderse, quien de hecho era su compañero.

Si le hacía saber a alguien que ella era su compañera, las mujeres la desafiarían por el derecho a estar a su lado, estaba seguro.

Como era el alfa más temido de todo el país, las mujeres se sentían atraídas por él y por el poder que tenía a su alcance.

Ningún otro alfa podría obligar a un lobo a cambiar por capricho. Controlaba a sus Marvens, a diferencia de la mayoría de los hombres y mujeres de Ville, que siempre estaban a merced de su monstruo.

Al salir de su auto, supo que la manada sentía su presencia.

Sólo porque no pudiera reclamar a Taïna no significaba que no se sintiera atraído por ella dondequiera que estuviera.

Acababa de terminar de cargar el último de los sándwiches, que estaría relleno con todo tipo de carnes y quesos.

En el momento en que él se acercó, ella se puso tensa.

"Alfa", dijo, bajando la mirada en señal de respeto e inclinando ligeramente la cabeza.

Con él al mando, sus Marvens nunca exigieron sumisión. De hecho, quería mirar los bonitos ojos azules de Taïna. Mirar fijamente su cuello le hizo pensar en marcarla. De empujarla contra el árbol más cercano y follársela fuerte y profundamente. Haciéndola tomar cada centímetro de su gruesa polla mientras él derramaba su semen dentro de ella.

Ella estaría desbordada en poco tiempo por lo mucho que él deseaba aparearse con ella.

"Taina". Pronunció su nombre pero no dijo nada más. Inhaló bruscamente y se le hizo la boca agua ante el toque de vainilla y canela.

A ella le encantaba hornear y, bueno, a él le encantaba olerla. Ella realmente era... una belleza.

Sus largos mechones negros se verían tan bien envueltos alrededor de su puño mientras la follaba. Ella también era una mujer con curvas. Muslos grandes y de aspecto jugoso que lo sujetarían mientras la penetraba. Un estómago redondeado que quería ver lleno con sus bebés. Tetas grandes y maduras que pensaba chupar cada segundo de cada día. Bueno, la mayor parte del tiempo pensaba en ello. Sin embargo, no podría salirse con la suya, aunque quisiera. Tenía que ser siempre un buen chico.

"¿Qué puedo conseguirte?" ella preguntó.

Notó que sus manos temblaban un poco. Esto era lo único que odiaba de sí mismo, su capacidad de hacer que alguien tan dulce y amable como Taïna le temiera.

"Cualquier cosa." Él comería cualquier cosa que ella hubiera tocado.

"Bueno. Sé que te encanta el jamón y el queso con todos los extras". Tarareó y luego sacó uno largo que parecía una baguette. "Aquí tienes. Recién hecho hoy".

"¿Por ti?"

"¿Lo siento?"

"¿Tú lo hiciste?"

"Sí. Incluso preparé todos los sándwiches".

Desde que descubrió que esta mujer era su compañera, solo podía comer alimentos hechos y preparados por ella. No sabía por qué, pero sentía verdadero disgusto por cualquier cosa hecha por otra mujer. No iba a quejarse.

Era meticulosa, una panadera y cocinera fabulosa.

Los hombres y mujeres de la manada la adoraban.

Si no tuviera algunas perras malvadas y rencorosas compitiendo por su afecto, ya la habría reclamado. Primero, tenía que asegurarse de que ella estuviera protegida.

Como ella era débil, no podía permitir que otra mujer la tocara, ni siquiera pensar por un solo segundo que podrían lastimarla. Mataría a cualquiera que pensara que podía quitarle a su mujer.

taína No me di cuenta todavía, pero pronto le pertenecería.

Aunque él no iba a ponerla en riesgo.

"¿Vendrás al baile esta noche?" -Preguntó Taina.

"¿Bailar?"

"Es el último viernes antes de la luna llena. Todos tenemos el baile mensual donde nos relajamos y nos divertimos".

"No giras con la luna llena".

"Lo sé, pero me gusta caminar durante ese tiempo".

Sintió la vergüenza y no quería hacer nada más que abrazarla y hacerle saber que no tendría nada que temer.

De toda la manada, ella era la única que no había podido convertirse en lobo. Partes de ella podrían. Él los había visto, una mano, un pie, su rostro, pero ella nunca había sido capaz de sucumbir a las presiones de la luna llena.

Un día él iba a ayudarla, pero ese momento no era ahora.

"Gracias por el sándwich". Sacó algo de dinero, pero ella negó con la cabeza.

"Para ti, alfa, la casa invita". Ella le ofreció una sonrisa y su polla se movió. Tenía tantas ganas de follársela, pero no podía hacerlo.

Forzando una sonrisa en sus labios y diciéndose repetidamente en su cabeza que debía alejarse, se dio vuelta y se fue.

Tenía tantos trabajos que hacer, y arrastrar a Taïna a su cabaña y mostrarle lo bien que encajaría en su polla, no era como podía pasar el lunes por la mañana.

Cuando finalmente pudiera reclamarla, tenía la intención de asegurarse de que la manada supiera que no podían molestarlo durante al menos un mes.

Su misión con Taïna era meter a su bebé dentro de ella lo antes posible.

****

Hasta el momento no hubo ningún derramamiento de sangre con el que lidiar en el baile, y por Taïna, estaba feliz. Odiaba ver sangre y, a menudo, la hacía sentir mal. No es que nadie lo supiera jamás. Ella nunca le diría a nadie sus reacciones a la sangre. Todos se reirían, y ya era bastante difícil ser el lobo inmutable, y mucho menos uno que no podía soportar la violencia.

Ella lo odiaba.

Sin embargo, amaba a la manada, incluso si la juzgaban demasiado. De hecho, su incapacidad para cambiar era la comidilla de la ciudad. La mayor parte de la manada la menospreciaba por eso. Si no podía cocinar o cuidarlos, realmente creía que la echarían del resto.

Hubo momentos en que Marvens estaba cerca y le envió señales confusas. Lo que ninguno de la manada sabía sobre ella (y lo mantuvo en secreto celosamente guardado) era que podía detectar las mentiras y los engaños de la gente.

Cada vez que Marvens estaba cerca, salía un olor de él, algo que le hacía la boca agua, y la tentación de acostarse y abrir las piernas para él era fuerte. Al acercarse a la barra, le sonrió al camarero, Phillip, quien le entregó un vaso de agua.

"Te lo digo, esta noche me voy a follar al alfa. Él me pertenecerá y verá qué tan buena puedo hacer esta manada", dijo Lorna.

Lorna era una de las mujeres más fuertes y dominantes de la manada. Incluso cuando el olor de su fuerza la rodeaba, Taïna detectó un atisbo de mentiras e inseguridad. El alfa no mostró ningún interés. Ella lo sabía, y Taïna también.

"No podría encontrar una mujer más capaz", dijo Rachel. Ella era la campeona número uno de Lorna y, por lo que Taïna podía ver, alguien que estaba muy enamorada de Lorna.

Ella no iba a ir allí.

"Hiciste un buen trabajo, Taïna", dijo Lorna.

Hubo un tiempo en que eran amigos en la escuela. Sin embargo, cuando Taïna no pudo convertirse en lobo, Lorna se distanció de ella.

"Gracias. Espero que lo disfrutes y no olvides al menos bailar, por favor". Le ofreció a Lorna una sonrisa junto con Rachel.

"Sabes que no tienes que hablar con ella", dijo Rachel. "Todo el mundo sabe que ella es tonta. No puedo creer que la mantengamos en la manada".

"Cuida tu lengua", dijo Lorna. "Taïna es manada y siempre lo será. Tu aversión hacia ella es infundada y, francamente, cruel. Ella no te ha hecho nada".

taína Se fue, sin ver ningún sentido en tratar de luchar en su esquina. Lorna lo había hecho por ella y Taïna tomó nota de enviarle una canasta de regalos con golosinas por la mañana.

Necesitaba un poco de aire fresco.

El olor a necesidad, sexo y violencia flotaba en el aire, y cuando esto sucedió, la hizo sentir un poco abrumada.

Una vez que salió por la puerta, rodeó el edificio y se dirigió a la parte trasera del bar hacia el lago.

Le encantaba estar junto al lago, ya que el agua tranquila la ayudaba a calmar sus nervios como ninguna otra cosa podía hacerlo.

Respirando profundamente, miró fijamente el lago y vio lo hermoso que era. Había peces nadando debajo, pero la manada prefería cazar a pescar.

"No deberías estar aquí sola", dijo Marvens, sorprendiéndola.

Se dio la vuelta y, efectivamente, el alfa, que era dos veces más grande que ella, puro músculo, estaba allí, luciendo un poco... desgarrado.

"Lo lamento. El baile es en el granero. Hay muchas mujeres esperándote". Había ese olor otra vez. El que la hizo querer caminar hacia él y pasarle las manos por todo el cuerpo.

Sin embargo, ella no cedió a los olores.

"¿Qué estás haciendo aquí afuera? ¿Alguien te molestó?

"No. Por supuesto que no. Sólo me estoy tomando un tiempo para relajarme". Ella le sonrió. "Usted vino."

Ella estaba tan feliz de que él lo hiciera.

Él la sorprendió mientras daba otro paso hacia ella.

taína permaneció perfectamente quieto mientras se acercaba. Echando la cabeza hacia atrás, no tuvo otra opción para poder mirarlo.

"No te quiero aquí sola".

"Estoy perfectamente a salvo".

"Soy el alfa. Mi palabra es ley, y cuando se trata de ti, no estás a salvo".

Ella puso sus manos en sus caderas. "¿Disculpe?"

"Me escuchas. No estás a salvo y no permitiré que te lastimes".

"¿Es esto porque crees que soy débil?"

"Eres débil, Taïna".

Él la agarró del brazo y, en el momento en que ella la tocó, no pudo evitar aferrarse a él. Incluso mientras intentaba luchar contra ello, le rodeó el cuello con los brazos y presionó la cara contra él. Olía a cielo.

Tan rico y adictivo.

Su coño se puso resbaladizo.

Ella era virgen y en ese momento quería presionarse contra la longitud de su polla y frotarlo hasta que se corriera.

marvens Dejó escapar un gruñido y, en cuestión de segundos, quedó presionada contra un árbol. Su corazón latía aceleradamente, sólo que no era por miedo. Ella no sabía lo que estaba pasando, sólo que no podía evitar desear más contacto de él.

"¿Qué está pasando?" ella preguntó.

marvens La miró fijamente durante lo que pareció un tiempo muy largo, sus ojos verdes se volvieron de un ámbar claro antes de volver a volverse verdes. Él la agarró de los brazos y los presionó por encima de su cabeza.

"Vas a mantener la maldita boca cerrada sobre esto".

Antes de que pudiera siquiera preguntarle sobre qué, sus labios estaban sobre los de ella y ella se estaba derritiendo ante su tacto. Sus labios tomaron posesión de los de ella, y mientras mordía un poco, una necesidad por él comenzó a crecer más fuerte que nunca.

Capitulo 2

Así era como se sentía el cielo. Durante mucho tiempo, Marvens había estado tratando de ignorar esta necesidad de Taïna, pero al verla sola, vulnerable, sexy como la mierda con su dulce vestidito, no había manera de que pudiera simplemente alejarse. Él no quería. Ella fue diseñada para ser follada, y el destino había hecho que ella fuera su compañera.

Lo sabía desde hacía mucho tiempo y ahora no podía alejarse de ella.

Él no quería.

Ella era todo lo que él siempre quiso y no podía dejarla ir. Ahora no.

Hundiendo sus dedos en su cabello, la mantuvo en su lugar mientras violaba su boca. No había nada gentil en su necesidad por ella.

Saliendo de sus labios, descendió hasta su cuello, justo encima de su pulso, que latía con fuerza. Podía oler su excitación, y era algo jodidamente embriagador. Pasó la lengua por su pulso y no esperó para darle un mordisco y, mientras lo hacía, ella dejó escapar un grito ahogado. Le tapó la boca con la mano.

Lo último que quería en ese momento era que alguien los encontrara.

Su polla amenazaba con salirse de sus pantalones, y aunque la deseaba, no iba a llevar a su pareja contra un maldito árbol.

No esta noche.

Mordió un poco más fuerte. Los sonidos de sus gritos fueron amortiguados por su mano, pero no le importó. Tenía tantas ganas de follársela, pero tenía que seguir recordándose a sí mismo que tenía que esperar.

A lo lejos escuchó gente que se acercaba hacia ellos, probablemente con la esperanza de disfrutar del agua.

Dejó de morder y besar a Taïna y, en cambio, la levantó y la llevó hacia el bosque, para enmascarar su olor.

"¿Qué estás haciendo?" ella preguntó.

"Callarse la boca."

"No me digas que me calle".

"Soy tu alfa. Harás lo que te digan".

"Entonces, ¿por qué no tengo que escucharte?" ella preguntó.

Esto hizo que Marvens se detuviera. La volvió a dejar en el suelo y la presionó contra el árbol. El olor de la tierra los rodeaba.

"¿No quieres callarte?"

"No."

"Qué interesante", dijo.

No fue interesante. Cuando daba una orden a la manada, tenían que seguirla sin hacer preguntas. Nunca le había dado una orden directa a Taïna, pero esta sería la primera vez en su vida como alfa que no le habían obedecido. No sabía si le gustaba.

"¿No quieres callarte?" preguntó.

"No. De hecho, quiero saber por qué me besaste hace un momento".

"Creo que es obvio".

"¿Qué? ¿Vas por ahí besando a todas las mujeres de la manada? ella preguntó.

Había un dejo de desafío en su voz y un brillo en sus ojos que lo puso tan duro. Sólo quería follársela, pero tendría que esperar.

"No, no lo hago".

"¿Entonces que es eso?"

Presionó su polla contra su estómago. "Esto es lo que importa".
Ella jadeó.

"Y puedes sentir lo que quiero, Taïna". La pregunta es, ¿qué vas a hacer al respecto? preguntó.

Muchas mujeres habrían abierto las piernas, se habrían abierto para él y le habrían dicho que se saliera con la suya.

Parecería que Taïna no era como otras mujeres. Ella lo agarró por los hombros y le dio un fuerte empujón.

Él apenas se movió, pero le dio la distancia que ella claramente anhelaba.

"No voy a hacer nada al respecto porque no hay nada que hacer. Puede que te guste dormir con alguien, pero hice la promesa de guardarme para mi pareja y lo haré. Será el único hombre que me tendrá. Alfa o no, no te debo nada. Te soy leal, pero eso no significa que puedas tener mi cuerpo".

Tenía los labios hinchados. ¿El olor de su coño flotaba en el aire y ella no quería follárselo?

Le resultó un poco difícil de creer, especialmente porque ella estaba excitada por él.

Pero él también sabía una cosa que ella ignoraba: él era su compañero.

taína Había guardado su virginidad para el hombre con el que pretendía estar.

Conseguiría una virgen.

Una pequeña parte de él estaba jodidamente emocionada por eso. Una mujer que no había sido tocada por nadie más. Alguien a quien pudiera mostrarle, instruir y guiar sobre cómo la deseaba. Para darle todo el placer que se merecía. Luego, otra parte de él se enojó un poco. Ella iba a ser virgen, lo que significaba que él iba a tener que ir despacio. Habría dolor.

La primera vez para una mujer nunca fue fácil.

Mierda.

No sabía si podría ser gentil.

Ser gentil nunca había estado en su naturaleza, y ahora tendría que serlo. Para ella.

¡Mierda!

Sólo quería seguir repitiendo esa palabra para que ya no le molestara.

No, iba a tener que ser amable con Taïna.

"Ahora, si me disculpan. Sé que hay un par de mujeres en el bar a quienes realmente les gustaría bailar contigo.

La dejó dar un par de pasos más, pero ya no pudo seguir con esta farsa.

Ella no se lo diría a nadie, y él esperaba que ella también sintiera que él era su compañero.

Parecería que su debilidad se extendía a no saber quién era su pareja. Ni siquiera sabía cómo consiguió la puta pajita más corta, pero ciertamente la tenía.

"Eres mi compañero", dijo.

Ella dejó de caminar y él la miró.

Estaba de espaldas a él, pero se había tensado.

"¿Qué?" preguntó ella, volviéndose hacia él. Amaba sus ojos, agudos, azules, cálidos.

"Eres mi compañera, Taïna, lo que significa que esa pequeña cereza que estás guardando es toda mía". No quiso ser grosero; simplemente se le ocurrió de forma natural.

taína Era suya, y le gustara o no, algún día pronto le pertenecería.

****

"Estás mintiendo", dijo.

Su corazón latía con fuerza dentro de su pecho. No era posible para ella ser su compañera. Ella lo habría sabido, ¿no?

Tienes un agudo sentido del olfato, pero algunos de tus sentidos de lobo siempre han estado apagados.

Al igual que ella no siempre podía detectar criaturas en el bosque. Su oído estaba bien, pero no tan bien como el de algunos de los rastreadores y cazadores de la manada.

También confiaba demasiado en los turistas, un rasgo que no había heredado exactamente de su lado lobuno.

Al ser un lobo, naturalmente debería tratar de mantener a la manada a salvo y rara vez hablar con extraños. Su pequeño pueblo siempre tenía algunos mochileros que pasaban por allí, y ella era la única persona del pueblo que se acercaba a ellos. Para no tenerles miedo.

"No miento, Taïna".

Habría podido oler la mentira.

Eso es lo que la asustó.

Por su falta de rasgos de lobo, en realidad poseía uno que era raro. Oler mentiras, verdades y cualquier otro olor no era común. Había oído hablar de las historias y alguien como ella era raro, y no le había dicho a nadie lo que podía hacer.

marvens no estaba mintiendo.

De hecho, ahora que se tomó un momento, pudo oler el calor de apareamiento elevándose dentro de él. Siempre había sido parte de Marvens cada vez que estaba con ella. Ella había imaginado que él olía así a su alrededor porque ese era su olor distintivo. Cada vez que había estado cerca de él sin que él lo supiera, no olía así.

A ella le gustaba su olor.

Estaba picante, picante.

Siempre la tenía abrigada debajo de la ropa, haciéndola pensar en sexo y muchas otras cosas que sólo había pensado en compartir con su pareja.

"No puedes serlo. Si soy tu pareja, ¿por qué no has iniciado nuestro vínculo? Ya me habrías llevado". Cruzó los brazos sobre el pecho con la esperanza de protegerse.

Si ella era realmente la compañera de Marvens, habría muchas hembras enojadas en la manada.

Mirándolo fijamente, vio la lástima en sus ojos.

"Has estado luchando contra ello, ¿no?" ella preguntó.

"Sí."

"¿Por qué?"

"Mira a tu alrededor, a la manada", dijo. "Hay muchas mujeres que querrían ocupar tu lugar. ¿Quién querría lo que tienes?

"No tengo nada".

"Vas a. Este paquete. Estar a mi lado. Muchas mujeres matarían por ello".

Sintió que las lágrimas brotaban de sus ojos. "Estás avergonzado de mí".

"¡No!"

Rápidamente miró a su alrededor, comprobando si alguien escuchó su fuerte grito. Él estaba enfadado.

Cuando él dio un paso hacia ella, ella estuvo tentada de dar un paso atrás, pero no pudo hacerlo. Ella no mostraría debilidad, no ahora, no delante de él. Él no la respetaría si ella hiciera algo así.

No podría alejarse aunque quisiera.

Incluso si fuera solo esta vez, quería sentir los brazos de Marvens alrededor de ella.

Él puso sus manos sobre sus hombros y ella cerró los ojos, sintiendo su toque directo a su centro.

Se sintió viva.

Incluso a su lobo le gustaba tener sus manos sobre ella.

No hacían nada más que tocarla. Nada sexual, pero se sentía como si estuviera ardiendo viva, pero en el buen sentido.

"Nunca, nunca me he avergonzado de ti", dijo.

"¿Entonces por qué?" ella preguntó. "Todos los demás machos que han encontrado a su pareja no han tenido una sola opción al respecto, pero puedes ir y venir cuando quieras. No tienes miedo de estar con otras mujeres". Había visto la forma en que reaccionaban algunos hombres emparejados si otras mujeres intentaban acercarse a ellos. Era una completa repulsión hacia el sexo opuesto. Nunca había visto un rechazo semejante.

"¿Crees que es fácil para mí mirarte desde lejos? ¿Para no reclamarte? ¿No sentir tu cuerpo con curvas envuelto alrededor del mío? ¿No tener tu coño en mi polla, empapado y rogando que me corra? ¿Crees que es fácil para mí?

"Creo que tienes mucho más control del que realmente deberías tener para un hombre emparejado". Ella intentó soltarse de sus brazos, pero él no la dejó.

marvens tenía el poder aquí. No ella.

"Déjame ir", dijo.

"No. Aún no estamos acoplados. Te he estado prestando atención, Taïna. De hecho, si lo piensas bien, habrás visto sólo en el último año que nuestros caminos se han cruzado más veces de las que deberían. Esto no es fácil para mí. ¿Crees que esos hombres que te han tocado han vuelto magullados sólo para practicar? ¿Solo para entrenar? No. Me he asegurado de que cualquier hombre que piense que puede acercarse a ti sea castigado".

Ella rió. "¿Sin que se den cuenta? Estás loco."

"No estoy loco. No eres un lobo fuerte, Taïna. Eres débil y no permitiré que nadie lastime a mi pareja".

"¿Así que lo que? ¿Vas a aparearte con otra mujer?

Él gruñó y el sonido la excitó. A ella le gustaba que él no pudiera soportar que otro hombre la tocara.

Nunca antes había estado cerca de una pareja celosa.

¿Esperar? ¿Cómo podría estar celoso? Ella había mencionado que él estaba con otra mujer, no con ella.

"Ninguna otra mujer me atrae. Sólo tu. Eres la única mujer que quiero. La única mujer que me importa. La única mujer que quiero ver hinchada con mi hijo. Ahora sabes la verdad, Taïna, y no daré marcha atrás. Me pertenecerás".

Con eso, él golpeó sus labios contra los de ella, y a Taïna no le quedó ninguna pelea. ¿Por qué querría luchar contra algo que se sentía tan increíble?

Tenía un sabor increíble. El calor que desprendía ya era una cualidad adictiva.

Ella gimió su nombre, envolviendo sus brazos alrededor de su cuello y queriendo abrazarlo tanto como pudiera.

Capítulo 3

Dejar el baile era la única forma en que Marvens podía controlarse. Finalmente, pudo besar a Taïna sin que nadie la viera, y abrazarla, decirle la verdad. La pasión que sentía por ella ya no iba a estar encerrada en una jaula. Quería liberarse, reclamarla finalmente, pero para hacerlo, tenía que hacerla suya y, para que el pueblo lo supiera, ella no sufriría daño.

Como la mayoría de las lunas llenas que se acercan, solía ir a su cabaña para tomarse un tiempo para pensar y elaborar un plan para el día siguiente.

Hoy no fue diferente, pero también le había dejado a Taïna un gran ramo de rosas con el mensaje para que viniera con él.

Esto podría ser de dos maneras.

Ella podría luchar contra él, lo cual a su lobo le encantaría más que perseguirlo. El apareamiento sería duro y él tendría que luchar por ser amable para hacerla suya. Una vez más, eso no le importó. O podría recuperar sus sentidos y acercarse a él como un buen lobito.

Sabía lo que quería entre ellos. Sólo esperaba que ella tuviera más sentido común que luchar contra esa atracción.

Ella no creía que hubiera ninguno, pero él lo había sentido la noche anterior. Su cuerpo estaba listo para él. Ella quería este reclamo incluso mientras intentaba luchar contra él.

Sentado en su porche, esperó. La cuenta atrás ya había comenzado en su cabeza. Si ella no llegaba en la siguiente media hora, él la estaba buscando. Ella no tendría ninguna posibilidad cuando él terminara.

Todos en el pueblo sabrían a quién pertenecía.

Justo cuando estaba a punto de ir a buscarla, escuchó el chasquido de una ramita.

"¿Crees que puedes convocarme como a un niño travieso?" Preguntó Taïna, saliendo del bosque. "Puedes ser el alfa, pero como aprendimos anoche, no tengo que seguir tus órdenes".

"Y sin embargo, aquí estás".

"¿Qué deseas?" preguntó, cruzando los brazos sobre el pecho. La camisa que llevaba estaba un poco apretada y mostraba la presión de sus tetas llenas. Ella lucía espectacular.

Esas tetas, ese culo, sus caderas, sus muslos, todos le pertenecían a él.

Una virgen.

Intacto.

Y él se aseguraría de que ella supiera cómo ensuciarse y follar. Ella iba a pertenecerle totalmente a él.

"Tu sabes lo que quiero." Bajó del porche y le dio puntos por no huir. Ella ni siquiera parecía tenerle miedo, lo que a él le resultaba extremadamente excitante.

"No crees que soy lo suficientemente fuerte para estar a tu lado".

"La fuerza no es un problema. Yo te protegeré, Taïna. Simplemente no soporto la idea de que alguien quiera alejarte de mí". Él se acercó a ella.

Ella bajó los brazos y él vio las puntas duras de sus pezones presionando contra la tela. Su pecho estaba sonrojado y sus labios parecían listos para ser besados... o darles un mejor uso.

"No podemos hacer nada", dijo. "En el momento en que me toques, la ciudad te olerá".

Ella reconoció su olor de apareamiento. Interesante.

Guardó para más tarde esa información que ella acababa de dejar escapar.

Extendiendo la mano, jugó con el tirante de su camisa. Ella no se movió ni lo alejó. ¿Ella también lo sintió?

Su mano fue a su costado y él la deseaba. El calor. La necesidad. Palpitó entre ellos.

Había esperado demasiado para hacer esto.

Al mirarla a los ojos azules, ya no pudo controlarse más. Tomando sus labios en un beso abrasador y apasionante, la levantó sin ningún esfuerzo. Ella dejó escapar un grito ahogado y él se lo tragó mientras la llevaba a su cabaña. Cerrando la puerta de golpe, presionó su espalda contra ella.

Con sus piernas alrededor de él, su coño estaba justo al lado de su dolorida polla. Llevaban demasiada ropa y tuvo que quitársela.

Él gruñó contra su garganta y no quería nada más que follarla aquí y ahora contra esta puerta.

Virgen.

Tenía que seguir recordando su estado virgen.

Ella merecía más que un polvo duro sin cama.

Alejándolos de la tentación, la llevó al dormitorio, sólo que la bajó al suelo para que pudiera ponerse de pie.

"Puedes huir de mí, Taïna". Seguiré atrapándote y todo el pueblo verá nuestra pelea. O puedes quedarte aquí y puedo reclamarte. Te convertirás en mía y luego nos enfrentaremos juntos a la ciudad y anunciaremos a quién perteneces".

Su respiración agitada empujaba esas gloriosas tetas hacia arriba para que él las tocara.

"Hay muchas otras mujeres que serían más adecuadas".

Él gruñó. "Nadie en este grupo sería más adecuado que tú. Esta no es una competencia de fuerza. Eres mi compañero. Estarás a mi lado. Ahora quítate la maldita ropa". Se sacó la camisa por la cabeza y la arrojó al suelo. Había terminado de discutir. Su loba estaba enojada porque podía siquiera pensar en otra mujer parada a su lado. Nadie más sería nunca lo suficientemente bueno. La única mujer que quería era Taïna. Ella era la única mujer que aceptaría en ese puesto.

Ella no se quitó la ropa y él sabía que iba a intentar correr.

La agarró por la cintura y presionó sus labios contra su cuello. Ella no iba a ninguna parte. Taïna tenía un agudo sentido del olfato, y él también. Ella no quería ir a ninguna parte. Taïna quería correr, pero también quería que él la atrapara, y él estaba más que feliz de hacerlo. Quería su aroma sobre todo él para que nadie dudara a quién pertenecía.

****

taínaA la loba le encantaba tener los brazos de Marvens alrededor de ella, y a ella también. Ella no podía tener suficiente de él. Él era todo lo que ella siempre quiso y le asustaba que en unas pocas horas le hubiera hecho esto.

¿Fue Marvens? ¿O el poder del apareamiento?

La levantó con facilidad y la llevó hasta su dormitorio. Ella nunca había estado en su cabaña antes, así que todo esto era nuevo para ella.

Ella chilló de emoción cuando él la dejó caer en la cama. Aunque era su primera vez, no tenía miedo. De hecho, estaba más que preparada para lo que él quisiera hacerle.

Muy preparado.

Él la miró fijamente, mostrando sus brazos fuertemente tatuados. Vio al lobo en cada brazo, y eran muy sexys. Era un hombre fuerte y ella se lamió los labios repentinamente secos mientras él se inclinaba. Sus brazos pasaron a ambos lados de sus piernas mientras la miraba fijamente.

"No tienes idea de lo que me has estado haciendo durante meses".

"Lo sé." Ella no pudo resistirse a mirar su entrepierna y, efectivamente, presionada contra la parte delantera de sus pantalones, la evidencia misma de su excitación y necesidad se destacó. Su polla era enorme y ella no estaba exagerando.

Una vez más, algo tenía que estar pasando con esta hormona del apareamiento porque ella no tenía miedo.

Él jugueteó con el borde de su camisa, y antes de que ella se diera cuenta de lo que estaba sucediendo, se la puso por encima de la cabeza y la arrojó a un lado.

Ella llevaba sujetador y él gimió.

"Estos bebés nunca deberían estar confinados. Cuando estamos solos, no usas ropa". Con un movimiento de su muñeca, sus tetas quedaron libres, y esta vez, ella sólo pudo gemir cuando él tomó ambas en sus manos.

Ella cerró los ojos e inclinó la cabeza hacia atrás para darle acceso a su cuerpo. Esto no fue un error. Sintió lo correcto que estaba en su interior.

Su necesidad por él pedía más, necesitándolo a él más que a cualquier otra cosa.

"¡Sí!"

Ella jadeó cuando su mano pasó entre sus muslos, tocándola.

"¿Tienes idea de lo sexy que luces ahora?" preguntó. "Tu cuerpo está pidiendo mi polla y soy el único que puede darte lo que necesitas".

Ella no iba a discutir.

Le quitó los pantalones cortos y le siguieron las bragas. Él todavía estaba vestido con un par de jeans, pero a ella no le importaba.

Abriendo las piernas, gritó su nombre mientras su boca se dirigía directamente a su coño. No se necesitaba permiso, especialmente cuando su lengua comenzó a bailar sobre su clítoris, acariciándola.

El placer fue instantáneo, intenso, y ella no pudo luchar contra el repentino ataque de necesidad cuando él la llevó al borde de la liberación.

¿Cuál era el punto de pelear? No cuando sabía lo que estaba haciendo y lo hacía tan bien.

"¿Te gusta eso, bebé?" preguntó.

"Sí."

"Bien. Quiero que te corras en mi cara y, cuando lo hagas, te follaré bien y duro y te haré toda mía.

Ella lo deseaba tanto, y mientras él continuaba pasando su lengua sobre su clítoris, ella sintió que su excitación comenzaba a aumentar.

Él era el maestro. El que esta a cargo.

La trabajó hasta que ella no pudo pensar y, mientras se corría, Marvens no se detuvo. Su lengua la llevó a un segundo orgasmo en cuestión de segundos.

Había pasado mucho tiempo imaginando su primera vez con un hombre, desde el orgasmo hasta el sexo, y hasta ahora, esto era mucho mejor que cualquier cosa que hubiera podido imaginar.

Al abrir los ojos, lo observó mientras se quitaba los jeans antes de subirse a la cama. Esta vez, la empujó hasta que su cabeza estuvo contra las almohadas y le sonrió.

"Hola, linda amiga".

Ella extendió la mano como para tocarlo, pero se detuvo. ¿Podría ella tocarlo? ¿Se le permitió hacerlo?

"Tócame, Taïna". Te deseo. Quiero cada parte de ti".

Colocando sus manos sobre sus hombros, acarició su pecho, extendiendo la mano entre ellos para rodear su polla.

Era duro como una roca y al mismo tiempo suave. Ninguno de los libros que había leído podía compararse con este momento.

"Esto va a doler", dijo.

"Lo sé."

"No quiero hacerte daño". Le apartó un rizo de la cara y ella le sonrió.

"No vas a hacerme daño".

Él la miró dubitativo, pero no entendió a qué se refería. Sabía que iba a ser doloroso, pero después él podría cuidarla, mostrarle de qué se trataba realmente hacer el amor.

Él tomó sus manos y las empujó por encima de su cabeza, manteniendo las suyas contenidas dentro de una de las suyas, bloqueándola en su lugar.

Ella lo miró fijamente, esperando.

marvens se agachó entre ellos, agarrando su polla.

Se mordió el labio, los nervios volvieron más fuertes que nunca.

Mientras él deslizaba su polla por su clítoris, ella jadeó y se arqueó ante su toque.

Golpeó su clítoris un par de veces, creando un calor que la hizo desearlo aún más.

Lentamente, se deslizó hacia abajo hasta que estuvo preparado en su entrada.

Ella lo miró a los ojos y luego, con un fuerte empujón, él golpeó cada centímetro de su polla dentro de ella, desgarrando la delgada pared de su virginidad hasta que estuvo en la empuñadura dentro de ella.

Gritando su nombre, intentó quitárselo de encima, pero no había forma de moverlo.

El dolor era intenso y le quitó el aliento por su puro poder. No podía creer que algo le hubiera dolido tanto. La presión entre sus muslos pareció aumentar cuando él la tomó.

Ella ya no era virgen.

Capítulo 4

Después de quitarle la virginidad a Taïna, Marvens se bañó. Se sentía como un maldito monstruo. Se suponía que la virginidad de una mujer era un regalo y los hombres la habían codiciado durante mucho tiempo, pero para él, nunca se libraría del grito que ella soltó cuando la tomó.

El sonido y la mirada en sus ojos lo perseguirían para siempre.

Al regresar a la cama, la encontró acurrucada, mirando hacia él, sonriendo. Había sangre y semen en las sábanas. Tenía la intención de limpiarlos y quemarlos. El olor metálico llenó el aire, y sólo sirvió para enojarlo porque él era la causa de su dolor.

"Oye", dijo ella.

Se sentó en el borde de la cama. "¿Cómo te sientes?"

"Extraño. Yo... aunque no estamos emparejados.

"Todavía no, pero lo estaremos".

"¿Por qué no me mordiste? Sé que la mordedura en el cuello me reclamaría como tuya.

Él tomó su mano y entrelazó sus dedos.

"La mordedura de apareamiento es dolorosa, Taïna". Ya he tomado mucho hoy".

"Ya no querías lastimarme".

"Nunca he experimentado la picadura. Sólo he oído historias de otras mujeres que lo han hecho, y no podría hacerte eso a ti. Al menos hoy no".

"Estás molesto", dijo.

Tendría que advertirle que no revelara demasiados secretos a la vez. Hasta el momento, ella le había dicho al menos dos veces que podía oler las emociones. Un regalo realmente raro. Estaba empezando a ver que su loba tenía mucho más que ofrecer de lo que pensaba originalmente. Puede que no tuviera el don de la fuerza o la capacidad de girar en la luna llena, pero lo que sí poseía era realmente raro, y era un talento que quería mantener oculto.

Se buscaban algunos lobos por esta misma razón, ya que podían usarse para detectar mentiras y ciertos olores, y eso significaba que se podía abusar de su poder. Su padre le había dicho una vez, hace muchas lunas, que siempre protegiera a los vulnerables y a los que parecían más débiles.

"Ya me conoces muy bien".

"No es que me des mucho con qué trabajar". Ella le tocó el brazo. "Ya no siento dolor".

"Lo sé, pero el mordisco; Ambos necesitamos estar listos para la manada cuando te reclame".

"¿De verdad crees que habrá mucha oposición? Me gustan".

"Querer y tomar una posición de poder son dos cosas diferentes". Él besó sus nudillos y se levantó. "Por ahora, quiero lavarte. Me ayudará a sentirme mejor".

La tomó en brazos y la llevó al baño. Bajándola a la bañera con todas las burbujas para ayudarla a relajarse, la dejó quitar las sábanas. Los recogió y los cambió por un juego nuevo.

La sangre no lo hizo feliz.

Deseaba borrar el dolor que había experimentado lo antes posible. Con la cama luciendo mucho mejor, regresó al baño y la encontró descansando.

Ella abrió los ojos en el momento en que él entró y sonrió.

Le gustaba mucho su sonrisa.

Subiéndose detrás de ella, la rodeó con sus brazos y presionó su rostro contra su cuello, inhalándola.

"Te he extrañado mucho", dijo.

"Estuve aquí todo el tiempo".

"No estoy hablando de ahora", dijo con una sonrisa. "No tienes idea de cuántas veces quise estar contigo y no pude debido a la manada".

"Tú eres el único que nos detuvo, Marvens". Ella se acurrucó contra él. Ella le rodeó el cuello con el brazo y se inclinó hacia atrás para que él pudiera mirarla a los ojos. "No voy a ninguna parte."

"¿Me crees ahora?" preguntó.

"Puedo sentirme parte de ti".

Su semen estaba dentro de ella. Quería más que nada que eso se mantuviera, que tuvieran un bebé.

Ya había perdido mucho tiempo negando la verdad. Quería formar una familia con ella. Se agachó y puso una mano sobre su estómago y se preguntó si tendría tanta suerte de haberla dejado embarazada.

"¿Cuándo se lo diremos a la ciudad?" ella preguntó.

Le acarició el vientre y se preguntó si había alguna forma de mantenerla encerrada aquí hasta que la dejara embarazada.

Una pareja embarazada no podía ser atacada. Las leyes de la manada lo prohibían. Había que proteger a los cachorros a toda costa.

"Pronto." Él besó su cuello. "Por ahora, sólo quiero cuidar de ti".

"Sé que te sientes culpable, pero no es tan malo. Prometo. Ya ni siquiera duele tanto".

No le dio consuelo.

"Te lo prometo, Taïna. No volverá a dolerme así. Te mostraré que el sexo nunca volverá a ser doloroso".

Ella se movió en sus brazos y él esperó mientras ella se giraba, sentándose a horcajadas sobre su cintura.

Mirándola a los ojos azules, apartó parte de su cabello negro de su hombro. Serían los bebés más hermosos. No le importaba si tenían un hijo, una hija o ambos. Ahora, gemelos, podría ir con dos bebés.

"Necesito que dejes de preocuparte. Sabía que iba a ser doloroso y no te culpo, ni un poquito". Ella besó sus labios.

"No me malinterpretes, amo a esta mujer más... dócil, pero ¿qué ha cambiado desde anoche?" preguntó.

Ella había sido tan inflexible que él estaba equivocado.

"Puedo sentir quién eres", dijo. Ella puso una mano sobre su pecho. "No hay forma de luchar contra la llamada de apareamiento. Estamos destinados a estar juntos y, aunque me asuste, no voy a huir de ti". Ella lo besó de nuevo y él hundió los dedos en su cabello, deslumbrando sus labios. Ella lo era todo para él y mucho más.

taína Intentó abrir la puerta principal de la cabaña de Marvens por enésima vez. Estaba bloqueado. Puede que sea un lobo, pero no tenía la fuerza para romper su cerradura forzada.

Hace dos días, finalmente descubrió que eran compañeros.

Ayer le quitó la virginidad.

Hoy, la había encerrado en su cabaña mientras iba a lidiar con la manada en la ciudad.

No sabía por qué él había sentido que era necesario encerrarla. No era como si ella fuera un problema, pero aquí estaba, encerrada y no podía salir.

"En serio. ¿Por qué, Marvens? Soltó la manija y se dirigió hacia la puerta trasera que estaba en el borde de la cocina. Efectivamente, eso estaba cerrado.

Podría romper una ventana, pero no quería causar ningún daño a su cabaña.

Alejándose de la tentación, se sentó a la mesa de la cocina y juntó las manos.

Llevaba un par de pantalones cortos de él y una camisa larga. Eran al menos dos tallas más grandes para ella y olían a él.

Con la luna llena casi sobre ellos, podía sentir a su lobo aún más claramente que nunca.

Ella siempre estuvo consciente de su lobo, pero nunca así. Con lo cerca que estaba su lobo de la superficie, así creía que Marvens eran compañeros.

Compañeros.

taína sonrió. Ella siempre había pensado que su pareja sería diferente. No un alfa. Nunca el líder.

Su miedo a que ella fuera atacada estaba definitivamente fundado. Se sabía que las mujeres se volvían bastante malas y crueles cuando sentían que alguien había tomado su lugar. Nada de esto tuvo sentido para Taïna.

Si se suponía que los hombres y las mujeres eran compañeros, sus lobos diseñados por el destino para enamorarse y estar juntos, no sabía cómo alguien podría siquiera pensar en separar a una mujer o a un hombre de tal unión, pero había escuchado cuentos de eso sucediendo.

Levantándose de la silla, se dirigió hacia el dormitorio y abrió el armario. El olor de Marvens estaba por todas partes y, en ese momento, su loba quería sentirlo cerca.

Pasando los dedos por las camisetas, sonrió, recordando la cantidad de veces que lo vio caminando por la ciudad.

Incluso cuando ella intentó apartar la mirada, él atrajo su mirada. ¿Fue esa la llamada de apareamiento? Ella no lo sabía.

marvens Era un hombre tan poderoso. Ella había sido testigo de su poder antes, cuando tuvo que lidiar con la manada.

Nunca permitió que nadie causara problemas dentro de la manada.

Bajándose hasta los pantalones, ella sonrió mientras atrapaba algunos pares con agujeros donde él había estado caminando por el bosque. Ella acarició los trozos de tela rasgados y le tomó nota para que trajera su kit de costura de casa. Ella podría más que reparar cualquier daño que él hubiera causado.

Ella saltó cuando la puerta de la cabina se abrió y se cerró.

Saliendo corriendo de la habitación, encontró a Marvens en la cocina, descargando bolsas de comida.

"Me encerraste", dijo, cruzando los brazos sobre el pecho.

Se volvió hacia ella con una sonrisa. "Tenía una buena razón para hacerlo".

"Sí, ¿qué consideras exactamente una buena razón?"

"Alimento." Él le guiñó un ojo y le tendió la mano para que ella mirara. "¿O no estás de acuerdo?" Su estómago eligió ese mismo momento para gruñir. "Verás, solo estoy cuidando a mi mujer". Él la acercó más y ella olió a otras mujeres y a la manada que llevaba encima.

Ella intentó alejarse.

"No estaba cerca de nadie, te lo prometo. Fui al ayuntamiento. Un par de personas me preguntaron dónde estabas por los sándwiches y les dije que no te sentías bien y que no estarías disponible por un par de días. Estaba cuidando de ti".

"¿Le dijiste eso a la gente?" ella preguntó.

"Sí. A nadie se le ocurriría venir aquí". Él pasó las manos por su espalda, ahuecando su trasero. "¿Me extrañaste?"

"No." La mentira salió fácilmente de sus labios, pero cuando él levantó la ceja, ella puso los ojos en blanco. "Sí. No tenías que encerrarme".

"No quiero que deambules. No con mi olor sobre ti y dentro de ti. No te he tomado todavía, y si tenemos enemigos cerca, intentarán alejarte de mí".

—Hace años que no viene ningún enemigo a la ciudad, Marvens. Te preocupas demasiado."

"Me he ocupado de nuestros enemigos incluso antes de que llegaran a la ciudad, Taïna". Me tomo en serio la seguridad de la manada".

Su corazón comenzó a acelerarse. "¿Nuestros enemigos se han acercado?"

"Sí. Varias veces. Pero no tienes que preocuparte. Hago todo lo que puedo para protegerlos".

"¿Los matas?"

"Sí."

"Oh."

"¿No estás molesto conmigo?"

"No, por supuesto que no", dijo. "Si representan una amenaza para la manada, entonces tenemos que matarlos". Ella hizo una mueca.

Él se rió entre dientes. "Ésta es otra razón por la que quiero mantenerte alejado de la manada. Eres demasiado bueno para todos". Él besó su mejilla. "Déjame traerte algo de comer".

Ella no era demasiado buena para ellos. Al ver a Marvens mientras desempacaba la comida y comenzaba a cortar algunas verduras, sus nervios volvieron una vez más.

"¿A quién llevas contigo cuando te encuentras con el enemigo?" ella preguntó.

"Nadie. Patrullo solo. No puedo tener a nadie allí. Es muy peligroso."

"¿Entonces pones en riesgo tu vida para proteger a los demás?"

Él miró hacia arriba. "No te preocupes, mi amor. Honestamente, no necesitas preocuparte. Soy un alfa fuerte y capaz. Puedo proteger a la manada y a ti".

"¿Pero qué hay de ti? No quiero que hagas esto solo".

"He estado haciendo esto desde hace algún tiempo. Que todavía estoy vivo."

"No lo hace correcto, y si en algún momento ocurren errores, ¿entonces qué?"

"¿Crees que cometería un error?" preguntó.

"No. Lo que estoy pensando es que finalmente nos hemos encontrado, y si algo te sucediera, no sé si podría soportarlo".

Dejó el cuchillo y se acercó a ella. "No me pasará nada. Siempre seré cuidadoso y siempre volveré a ti".

Él tomó su rostro y la besó.

Eso no alivió sus temores.

Capítulo 5

"Eres una buena cocinera", dijo Taïna, secándose los labios con una servilleta. "Eso fue tan bueno".

"He tenido años de práctica". Él tomó su plato, luego el de ella y los llevó a la cocina. Le había preparado un salteado de verduras con mucho chile. A diferencia de algunos de los otros lobos de la manada, ella no comía mucha carne. Él conocía su amor por las especias y, desde que las descubrió, había estado experimentando todo lo que podía.

Con los platos en el fregadero, fue al refrigerador y sacó el pastel de chocolate que también había comprado.

Cortó a ambos en rodajas y los puso en un plato más pequeño antes de sacar el helado del refrigerador. Con una buena y grande porción del postre helado, llevó los platos a la mesa.

"Vaya", dijo ella. "No tenía idea de cómo debía ser una cita".

Esto fue más que una simple cita. Marvens tenía la intención de tratarla como a una reina de ahora en adelante. Ya no había más escondites.

Sabía que estaba un poco adolorida, pero podría volver a aceptarlo. Una vez terminada la cena, ella no abandonaría su cama hasta que él hubiera completado el apareamiento.

Dirigirse a la ciudad había sido arriesgado. Había hecho un control del perímetro antes de aventurarse en la ciudad, cubriéndose con el olor del bosque antes incluso de arriesgarse a tener una oportunidad en la ciudad. Había un par de mujeres allí y había sido casi imposible ocultar la repulsión que inspiraban.

Al estar de regreso en su cabaña, a solas con su mujer, podría manejar cualquier cosa.

La vio tomar un poco de helado y un bocado del pastel. Sus ojos se cerraron y gimió.

Pronto, su polla estaría en su boca y ella estaría gimiendo a lo largo de su longitud.

"Esto es tan bueno."

"Me alegra que lo apruebes". Él le guiñó un ojo y sus mejillas se calentaron. "Sí, estoy teniendo pensamientos sucios".

"Ni siquiera fui allí", dijo. Ella dio otro mordisco. "¿En qué estás pensando exactamente?"

Él se rió entre dientes. "Tus labios envolvieron mi polla".

"Oh", dijo ella.

"No te preocupes. Te mostraré qué hacer".

"Apuesto a que le dices eso a todas las chicas".

"Ninguno. No te voy a mentir, Taïna. He estado con otras mujeres, pero ninguna de ellas se comparará contigo. No quiero ni pensar en ellos. Ojalá hubiera podido acudir a ti virgen, pero eso no fue posible. No para nosotros." Él tomó su mano entre las suyas y la apretó suavemente, tratando de ofrecerle algún tipo de tranquilidad.

"Está bien." Ella rió. "Ahora eres toda mía".

"Y nadie sabrá jamás lo bueno que soy".

Terminó su postre y la miró.

En el momento en que terminó, él no pudo esperar más. Levantó la mesa, la apartó de su camino y se arrodilló frente a ella, presionando su cara contra su coño. Todavía no podía oler si la había dejado embarazada, pero ahora tenía toda la noche.

Levantando la camisa que él le había dado por encima de su cabeza, se quitó los pantalones que también le había proporcionado y ella se sentó desnuda en la silla.

"Esto es en lo que he estado pensando todo el día". Le abrió los muslos, presionó su mano contra su coño y deslizó dos dedos en su calor resbaladizo. Ella ya estaba mojada por él y no hizo una mueca ni se apartó de su toque.

Él la cogió con los dedos, mirándola mientras ella gritaba y empujaba su cuerpo hacia el borde del asiento.

Deslizando sus dedos hasta su clítoris, no pudo apartar la mirada mientras ella se acercaba tanto a su orgasmo.

Tenía que probarla y reemplazó sus dedos con su lengua, acariciando su clítoris.

Ella hundió sus dedos en su cabello, empujando su coño contra su boca mientras él chupaba su clítoris. Ella era lo mejor que había comido en su vida, y volvió a follarle el coño con los dedos, abriéndole el coño para que ella pudiera tomar su polla. Quería tomarse su tiempo esta noche. Cuando finalmente pusiera su polla dentro de ella, iba a hacer que cada momento contara.

"¡Marvens!" Ella gritó su nombre.

"Ven por mí, Taïna". Ven por toda mi cara".

Ella gimió y él mordió su clítoris antes de calmarlo con la parte plana de su lengua.

"Sí, sí, se siente tan bien".

Él sonrió, amando cómo ella se entregaba a él con tanta facilidad. No hubo peleas entre ellos. Así era exactamente como se suponía que debía ser.

Había sido estúpido al ocultarle la verdad durante tanto tiempo. Ella tenía derecho a saberlo mucho antes, y él no habría tenido que pasar muchas noches solitarias sólo pensando en ella, en este momento.

Cuando ella se corrió, él lamió su crema, disfrutando del sabor y la sensación de su rendición. Ella era todo lo que él podría desear y no se podía negar que la necesitaba.

Su polla estaba tan dura que presionaba contra la parte delantera de sus pantalones.

Se puso los jeans y se los bajó por las piernas mientras se levantaba, quitándose la ropa rápidamente.

Un día pronto, se la iba a follar en cada habitación y superficie de su cabaña y en el bosque circundante. Hoy, y hasta que ella se acostumbrara a tomar su polla, él siempre la tendría en la cama.

Levantándola en sus brazos, la llevó a su dormitorio y la dejó caer en la cama.

Ella se veía tan bien en su habitación, en su cabaña, en su vida. Su futuro estaba juntos y él nunca iba a renunciar a ella. Nunca.

****

Una parte de Taïna estaba nerviosa.

Habían tenido relaciones sexuales ayer y le había dolido más que cualquier cosa con la que ella pudiera compararlo. Hoy estaba mojada, tan resbaladiza y lista. Mirando su polla ahora, no pudo resistirse a envolver sus dedos a lo largo y sentirlo.

Pre-cum se filtró por la punta y ella lo metió en su eje.

Dejó escapar un pequeño gruñido, el sonido resonó por toda la habitación y hizo que sus pezones se endurecieran.

“No sé cuánto voy a aguantar. Esta noche se trata de ti”.

“Entonces fóllame, Marvens. Muéstrame lo bueno que puede ser realmente”.

La empujó hacia la cama y le abrió las piernas. “Mírame, Taïna. Quiero que cuides mi polla. Mira como te follo.

La punta de su polla se metió entre su raja y ella se mordió el labio mientras los miraba. Su polla era larga y gruesa. No sabía si él alguna vez realmente encajaría dentro de ella sin que fuera doloroso, pero dejó a un lado esas dudas y temores y, en cambio, se concentró en él. Encajarían porque para eso habían sido diseñados.

Ella ya no era virgen.

Deslizó su polla hasta su entrada y ella no pudo evitar ponerse tensa.

"Relájate, bebé. No seas estricto conmigo ahora".

Esta vez, Marvens no se la folló fuerte ni rápido. Lentamente, centímetro a centímetro, se deslizó dentro de ella. Cuando el primer centímetro de él la llenó, no pudo evitar estremecerse aunque no sentía dolor. Nada.

Él no la había lastimado.

Con cada segundo que pasaba, ella dejó de tensarse y en cambio amaba la sensación de su polla dentro de ella.

Sus manos fueron a sus caderas y, mientras llegaba hasta la empuñadura, ella gritó su nombre.

Se sentía tan bien, incluso mejor de lo que jamás había imaginado.

"Oh, joder, eres increíble", dijo. "Tan mojado."

Ella tomó su rostro y él golpeó sus labios con los de ella. Él comenzó a salir de ella y, mientras avanzaba, ella gimió pidiendo más.

Hizo esto durante un par de embestidas, acostumbrándola a sentirlo mientras la llenaba. Dentro y fuera. La sensación fue más de lo que jamás hubiera deseado. Su polla estaba tan dura que tocó una parte profunda de ella que sólo sirvió para excitarla aún más.

"¡Sí!"

marvens Rompió el beso, recorriendo sus labios por su cuello, chupándole el pulso antes de que sus embestidas comenzaran a acelerarse.

Él se levantó y le ordenó que mirara.

Ella miró fijamente sus ojos verdes antes de bajar por su poderoso cuerpo para mirar dónde estaban unidos.

Su polla estaba resbaladiza con su semen mientras ella la miraba. Las venas sobresalían gruesas, y al verlo follarla y sentirlo, ella se movió hacia arriba, tomando todo lo que pudo de él.

De repente se retiró, envolviendo sus dedos a lo largo. "Esto es todo tuyo, Taïna. Cada parte de mí, desde mi corazón hasta mi pene, ahora te pertenece a ti". Empujó hacia dentro de ella, manteniendo sus muslos abiertos mientras bombeaba profundamente.

marvens Dejó de hacerle el amor y la abrazó contra la cama mientras la follaba más fuerte.

Le levantó las piernas hasta que estuvieron directamente en el aire contra su pecho. Sus manos fueron a sus caderas y ella lo vio tirar de ella hasta que de repente se detuvo de nuevo.

Ella dejó escapar un gruñido, sin saber cuánto más podría soportar que él se detuviera y comenzara.

Él se rió y ella estuvo a punto de gritarle. Sus dedos acariciaron su clítoris.

"Esta vez, cuando vengas, quiero que esté sobre mi polla. Quiero oírte gritar y que el sonido haga eco en estas paredes, para saber que lo que quieres es mi polla. Mi semen dentro de ti".

"Es sólo a ti a quien quiero".

Ella no estaba mintiendo. Los sentimientos que se estaban acumulando en su interior eran cada vez más difíciles de ignorar. ¿Fue la llamada de apareamiento otra vez? No sabía cuál era la causa, si el calor del apareamiento o sus propios sentimientos. Nunca se había tomado el tiempo para sentarse con una mujer emparejada y preguntarle si era posible amar a su pareja.

Siempre había asumido que así era, pero ahora no lo sabía.

¿Amaba a Marvens? ¿Fueron las hormonas?

Nada tenía sentido para ella.

Él acarició su clítoris y ella no quiso pensar ni preocuparse por lo que significaba eso. Nada de eso era importante, no ahora. Quizás ni siquiera nunca.

Lo único que importaba era que Marvens fuera su compañero y ella le fuera leal.

Cuando ella se corrió, tenía alrededor de su longitud y el aroma de su alfa impregnó la habitación, más fuerte que nunca.

Su apareamiento se estaba acercando. Pronto, sus olores se combinarían y vincularían, y cualquier lobo cercano a ellos sabría que eran compañeros.

marvens La agarró por los tobillos y la folló, tomándola, haciéndola suya una y otra vez. Observó su polla mientras se deslizaba dentro y fuera de ella, y sintió que su polla se volvía más dura, más gruesa y luego derramaba su semen.

Él agarró sus caderas y penetró lo más profundo que pudo dentro de ella, llenándola con su semen, cada pulso inundando su útero.

"Por favor, por favor, por favor", dijo.

Ella lo rodeó con sus brazos, sabiendo lo que quería.

Eso... arruinó un poco el momento. Si él quisiera tener hijos porque no podía esperar para formar una familia, ella se habría sentido conmovida. Sin embargo, no se trataba de formar una familia.

No, se trataba de protegerla porque él realmente creía que ella no podía protegerse a sí misma. Quería un bebé para que nadie pudiera lastimarla.

Él la rodeó con sus brazos y la abrazó.

Ella no era odiada en la manada. Sabía que habría mujeres que la querían muerta, pero ella seguía siendo la compañera de Marvens y algunas lucharían por ella. Ella estaba segura de eso.

Capítulo 6

marvens pasó sus dedos por su espalda. Su polla ya estaba dura y lista para funcionar de nuevo. Tenía tantas ganas de follársela. Ella soltó un pequeño gemido cuando él llegó a la base de su espalda y deslizó las puntas sobre las curvas de su trasero.

Él no pudo resistirse a darle un mordisco y, mientras hundía los dientes en la dulce carne, ella soltó una risita, seguida de un grito ahogado.

"No deberías hacer eso", dijo, alejándose riendo.

"¿Por qué no? Tienes un culo jugoso y está diseñado para morder y follar.

"¿Maldito?"

"Sí. Conozco esas historias sexys que lees sobre cómo te follan el culo. No pudo resistirse a tocar entre sus nalgas, acariciando ese pequeño agujero arrugado.

"No creo que esté preparado para eso".

"¿Qué tal si te dejo probar un poco?"

"¿Qué quieres decir?"

"¿Confías en mí?"

Ella dudó y él no pudo evitar morderle el trasero otra vez.

"Oye, deja de morder".

"Sabes que confías en mí. Eres leal a mí, y la única forma en que alguien puede hacer ese juramento es si lo dice en serio y por miedo. No me tienes miedo, Taïna".

"Y hablo en serio. Tienes razón, no lo soy. Nunca lo he estado. ¿Cómo es eso posible? Asustas a todo el mundo".

"Porque eres un luchador".

"Estoy débil."

Se movió para sentarse a horcajadas sobre sus piernas, agarró una almohada y la empujó debajo de su estómago para levantar esas curvas mejillas.

"No eres débil".

"Es por eso que no me reclamaste cuando lo supiste".

"No tiene por qué ser porque seas débil. Además, lobo mío, conozco tu secreto.

"¿Mi secreto?"

"Sí. Crees que eres débil, pero sé que tienes un don muy especial. Uno que nunca explotaré pero que sé que es poderoso".

"¿Sabes?"

"Sí. Lo dejaste escapar un par de veces. ¿Por qué nunca viniste a contarme sobre esto? preguntó. Él tomó sus nalgas y las abrió, mirando su ano arrugado. Iba a joderlo, pero no esta noche.

Deslizando sus dedos hacia su coño resbaladizo, comenzó a reunir un poco de su liberación combinada y a extenderla sobre su culo.

Ella gritó cuando él presionó su dedo en su ano pero no lo penetró. Simplemente acostumbrándola a la sensación de que él estaba realmente cerca.

"No sé por qué no te lo dije. No parecía importante y cuando me di cuenta de lo raro que es este regalo, tuve miedo".

"¿De que?"

"De ser expulsado. Ni siquiera puedo convertirme en un lobo completo. Estoy medio destrozado. Me preocupaba que quisieras sacarme de la manada.

"No soy un monstruo, Taïna". Nunca echaré a nadie de mi manada a menos que haya hecho algo tan despreciable que no haya más castigo que el destierro. No tienes ni un solo hueso despreciable en tu cuerpo. Eres hermosa." Él besó su mejilla mientras presionaba su trasero. Al mismo tiempo que le acariciaba el culo, también jugaba con su coño, provocando su clítoris.

Ella presionó ambos dedos de él, deseando lo que él pudiera darle, y era un verdadero espectáculo de belleza para la vista. Tenía tantas ganas de follarla, pero iba a provocarla mientras le follaba el culo con los dedos.

Mientras él le pellizcaba el clítoris, ella gritó, gimiendo su nombre, y él empujó un dedo dentro de ella, haciéndola gritar pero sin dolor.

Su coño se estaba humedeciendo mientras él seguía jugando con ella.

Ella comenzó a balancearse hacia adelante y hacia atrás, hundiendo su dedo más profundamente. Él ya conocía su cuerpo mejor que ella el suyo propio, y estaba muy cerca. Le encantaba lo fácil que era llevarla al orgasmo, tenerla lista para llegar al límite del placer intenso.

Verla correrse fue uno de los placeres más increíbles que jamás había experimentado.

"Eres tan hermosa", dijo. "Quiero follarte todo el día, y lo haré".

Añadiendo un segundo dedo a su trasero, ya no jugó más. Él la llevó al orgasmo. El sonido de su placer resonó por las paredes. Sólo cuando su liberación comenzó a disminuir la puso de rodillas, alineó su polla con su coño y se deslizó hacia casa.

Ella todavía estaba temblando por su orgasmo, y mientras él la tomaba con más fuerza, su clímax continuó. Su coño era como un tornillo de banco a su alrededor, apretándolo con más fuerza.

Sosteniendo sus caderas, golpeó dentro de ella, viendo cómo su coño se abría y tomaba su polla. Su longitud ya estaba cubierta de líquido preseminal por su liberación, y estaba muy cerca.

Sintió los movimientos de su propio orgasmo, y no se detuvo, follándola más fuerte, haciéndola tomar toda la longitud de su polla, y cuando finalmente se derramó dentro de ella, tenía tantas ganas de que lo tomara.

Sólo que otra oleada de necesidad lo venció.

Le apartó el cabello, la acercó y le hundió los dientes en el cuello.

El apareamiento era tan fuerte que ya no podía luchar más. No había tiempo que esperar para hacerla suya. Todo el pueblo, cuando llegara la luna llena, sabría exactamente a quién pertenecía, y a él no le importaba. Ella era el amor de su vida. Su compañero. Destinado a ser suyo y no iba a ocultarlo.

Ella era su todo.

Tal como él era suyo.

Y ahora ya no había manera de alejarse el uno del otro. Iban a permanecer juntos y él la protegería con su vida y se aseguraría de que la manada supiera que atacarla acarrearía graves consecuencias.

****

taína Odiaba ver a Marvens tan nervioso. No le quedó bien y, mientras paseaba por la cabaña, ella se mordió el labio.

No sabía cómo era posible, pero en poco tiempo había llegado a amar a este hombre. Claro, prácticamente la había mantenido encerrada en su cabaña hasta esta noche. Ella sabía que él la llevaría con él. No había manera de que no pudiera. Después de que él la marcó, sus aromas se fusionaron y ahora todos sabrían que ella le pertenecía. Antes de morderla y sellar su destino, habría podido enmascararla en su cuerpo.

Ahora, no hubo enmascaramiento.

Mientras caminaba por el pasillo, se acercó a él y le rodeó el cuello con los brazos.

"Tienes que dejar de preocuparte".

La presionó contra la pared, su cuerpo se acercó al de ella y ella dejó escapar un pequeño gemido, sintiendo la longitud de su polla.

"No me preocupo".

"Eres. ¿Alguna vez pensaste que tal vez le agradaría a algunos de nuestra manada?

"Sé que lo hacen, pero poniéndote como mi compañero alfa, no sé qué harán".

Ella le tomó la cara. "Ten un poco de fe."

"No. Cuando se trata de ti, no puedo tener nada. No puedo arriesgar tu vida. Eres mi todo, y aunque intenté mantenerme alejado de ti, haría cualquier cosa con tal de vislumbrarte. Te amo, Taïna".

Las lágrimas llenaron sus ojos y no pudo evitarlo.

"¿Me amas?"

"Sí. Lo tengo desde hace mucho tiempo y me asusta. Nunca he tenido nada más que mi amor por la manada".

A ella no le importaba.

Tirando de él hacia abajo, ella le devolvió el beso, deslizando su lengua por sus labios hasta que él los abrió y los profundizó.

"Yo también te amo", dijo. "No pensé que fuera posible amar a alguien tan rápido, sino contigo. Es todo. Te amo más que a nada en el mundo. Quiero estar a tu lado. Para enfrentarnos a la manada juntos". Ella tomó su mano. "No más esperas".

Como todas las lunas llenas, la manada estaría esperando en el centro de la ciudad. Por supuesto, nadie se convertiría en lobo ni haría nada que levantara sospechas. Fue por eso que algunos miembros de la comunidad, que ya no acudían debido a su edad, instalaron bares para comer y tomar café para que pareciera que simplemente estaban teniendo una reunión amistosa de vecindario o algo así.

Muchos de los turistas rara vez se quedaban más de uno o dos días.

De la mano salieron de su cabaña.

Ella olió sus nervios pero no hizo comentarios al respecto. Estaba un poco... aprensiva.

Como había dicho Marvens, les agradaba mientras ella los alimentaba y cuidaba a sus hijos, pero esto era algo más.

Esta era ella asumiendo su papel como compañera del alfa y, bueno, pronto descubriría exactamente quién era su amigo y quién no.

Cuando se acercaron al pueblo, Marvens se detuvo y la presionó contra el árbol. "Lo que estás a punto de ver y presenciar si no te aceptan, no puedes reprochármelo. Haré todo lo posible para protegerte".

Ella le tocó las manos. "Lo sé."

"Te amo, Taïna".

"Yo también te amo."

Ella nunca se cansaría de escuchar su amor. Especialmente porque ella también lo sintió, y realmente fue algo mágico.

Él movió su cabeza contra la de ella y ella cerró los ojos, simplemente disfrutando de la sensación de que él la rodeaba.

Cuando no pudieron esperar un segundo más, él tomó su mano y juntos caminaron unidos delante de su manada.

Ya estaban reunidos. El aire estaba lleno de olores a café y comida grasosa.

En el momento en que fueron vistos, toda conversación cesó.

taína Se obligó a mirarlos a todos, incluso cuando su vergüenza aumentó un poco más. Nunca antes la habían emparejado y no ocultó su marca. No, ella lo mostró con orgullo para que todos lo vieran.

Nadie podría verlo a menos que tuviera sangre de lobo corriendo por sus venas.

En su mayor parte, la herida se curó, y lo hizo al instante. Era parte del hechizo de apareamiento.

Ahora estaba unida a Marvens tal como él lo estaba a ella.

El silencio resonó entre todos ellos.

Sus nervios se aceleraron.

"¿Cuál es el significado de este?" Una de las hembras más fuertes y dominantes dio un paso adelante. Cloe. Ella era una de las muchas mujeres que habían estado compitiendo por el afecto de Marvens.

taína Había observado, y había sido difícil de digerir mientras cada mujer intentaba ganárselo.

Ahora se preguntaba si su repulsión se debía al simple hecho de que él le pertenecía y no podía soportar que otro lo tocara o tuviera algo que ver con él.

"Estoy ante ti con mi pareja. El amor de mi vida. Ella lo es todo para mi. Taïna es mía. Si tienes alguna duda sobre mi derecho sobre ella, debes saber esto; cualquier daño que esperes hacer no sólo te desterrará, sino que si ella recibe un corte o un empujón, te ocuparás de mí.

Chloe y otra mujer, Rebecca, dieron un paso adelante y se echaron a reír. "¿Esperas que la sigamos? Ella no es nada. Ni siquiera puede darse la vuelta. Esto es una vergüenza".

"Mira cómo le hablas a mi compañero". Marvens dejó escapar un gruñido mientras daba un paso adelante.

"Ella no tiene derecho a ser tu pareja", dijo Rachel, otra de las amigas de Lorna. "No deberías estar con alguien tan débil. Te hace lucir así".

"No lo hagas", dijo Lorna.

"No puedes quedarte quieto mientras ella se lleva al hombre que debe ser tuyo". Rachel parecía enojada, molesta y enojada, todo al mismo tiempo.

"¿Destinado a ser mío?" Lorna frunció el ceño.

taína Agarró su brazo, esperando mantenerlo... cuerdo. Ella no lo sabía. Su corazón se aceleró y, de repente, hubo otro gruñido, y esta vez, Lorna dio un paso adelante. Solo que ella no se opuso a Marvens ni a ella. Se paró frente a Marvens y les gruñó a las mujeres.

"Taïna ha sido emparejada. No importa lo que quieras. Ella es la compañera del alfa y, como tal, le mostrarás respeto". Lorna se mantuvo erguida.

El poder que emanaba de ella era intenso.

Chloe y Rebecca eran fuertes, pero no tanto como Lorna. Incluso Rachel, que no retrocedió, pareció sorprendida. "No puedes hablar en serio".

"Soy."

Lorna les dio el máximo insulto mientras les daba la espalda. Miró a Marvens con una sonrisa antes de volverse hacia Taïna.

"Me ofrezco como protección. Deseo que no le suceda ningún daño. Ella es una persona maravillosa y hará cosas increíbles para esta manada. Su amabilidad es legendaria. Nuestra gente prosperará". Ella se inclinó y se arrodilló.

"Pero tú querías el puesto", dijo Taïna.

Lorna levantó la cabeza. "Siempre supe que había algo especial en ti. Increíble sentido del olfato. Sé lo que puedes hacer y lo vi con mis propios ojos cuando éramos pequeños. Pudiste encontrar al niño desaparecido del turista cuando nadie más pudo. Me diste el crédito por algo que hiciste. Nunca hemos hablado de eso hasta ahora". Hubo un murmullo alrededor de la manada. "Hablo de ello ahora para que sepan lo poderoso que eres en realidad. Es posible que no puedas girarte, pero eso no te debilita. Eres fuerte en muchos sentidos. Quería ser su pareja pero sólo porque él no tenía una. Quería ayudar a fortalecer esta manada y estar a su lado. Ambos estáis emparejados. Puedo ver la marca y el vínculo que ambos tenéis. Nadie debería jamás separar a mis compañeros, y es una práctica que nunca he aceptado ni de la que he querido formar parte. El amor y la pareja van de la mano, y tú y Marvens estáis hechos el uno para el otro".

Las lágrimas llenaron sus ojos y sintió que las emociones se acumulaban en su interior.

"No tenía idea de que te sentías así", dijo.

"Eres una persona maravillosa, Taïna". Lorna tomó su mano. "¿Puedo tener el honor de protegerte?"

"Sí", dijo Taina.

marvens se aclaró la garganta.

"Si él lo dice, por supuesto".

Lorna se rió entre dientes. "Esto va a ser interesante."

Con Marvens de nuevo a su lado y Lorna al otro, Taïna se sorprendió cuando uno por uno, la manada se arrodilló, mostrando su respeto y lealtad hacia ambos.

Incluso Chloe y Rebecca hicieron lo mismo.

"No te preocupes por ellos. Los vigilaré y me aseguraré de que sepan cuál es su lugar".

"Gracias", dijo Marvens. "Esto significa mucho para mí y nunca lo olvidaré".

Él asintió con la cabeza a cada hombre y ella sonrió. Ella vio la felicidad en sus ojos mientras lo hacía.

Esto era lo que se suponía que iba a pasar. Lo que ella había esperado.

Cuando los hombres y las mujeres se levantaron, todos se acercaron a ellos, abrazándolos y felicitándolos por su actual apareamiento.

Cuando la luna estuvo alta en el cielo, atrajo a Marvens hacia ella y lo besó con fuerza. "Corre. Me quedaré aquí y les prepararé algo de comida a todos".

Los vio irse, pero Lorna se quedó atrás. "Correré cuando regrese Marvens".

"Pero te perderás la diversión".

"Te prometí mi lealtad. Te mantendré a salvo y para mí significa más que te quedes con vida que que mueras".

taína le dio un abrazo a su amiga. "Gracias."

"Gracias por no dejarnos ni rendirnos. Sé que no he sido el mejor amigo contigo, pero espero cambiar eso".

taína Sabía que estaba diciendo la verdad. Por eso podía confiar en ella. Durante varios minutos permaneció de pie, observando la oscuridad. Un pequeño anhelo dentro de ella deseaba poder ir y unirse a ellos, disfrutar la sensación de la luna llena, que su lobo estallara, pero nunca iba a sentir eso.

Justo cuando estaba a punto de darse vuelta para irse, escuchó el sonido distintivo de una ramita al romperse.

Rachel estaba allí con Chloe, ambas mujeres desnudas.

"Lorna puede pensar que has ganado, pero no hay manera de que te dejemos ser la compañera de un alfa. ¡Eres una abominación!

taína Se tensó cuando las dos mujeres se abalanzaron, pero ella no sintió nada. Lorna estaba allí.

"Gran error."

De un solo golpe, había matado a Chloe. Rachel se había detenido.

"No deberías haber seguido a Chloe", dijo Lorna.

Con la misma rapidez, Rachel fue atada justo cuando Marvens atravesaba los árboles. "Vi lo que estaban intentando". Corrió hacia Taïna. "¿Estás bien?"

"Estoy bien. Estoy bien."

"Sentí que regresaban", dijo Lorna. "Pensé que intentarían algo. Chloe está muerta, Alfa, lo siento".

Rachel no luchó contra sus ataduras, pero miró a Lorna como si fuera el diablo.

"Todo sucedió muy rápido", dijo.

"Te habrían matado. No los llores. No lo merecen", dijo Lorna.

marvens Se acercó a Raquel. Ni siquiera suplicó por su vida. "Ella no es digna". Como lo había hecho Lorna con Chloe, Marvens le rompió el cuello a Rachel y Taïna corrió hacia el lado de Lorna.

"No lo hagas", dijo Lorna. "No crean que la lloraré. Ella fue una traidora y no merece mis lágrimas".

taína Sabía que cualquiera que intentara dañar a un alfa o a su pareja sería condenado a muerte, pero realmente no creía que alguien intentaría lastimarla.

"Yo me ocuparé de esto", dijo Marvens. "Ve, no necesitas ver esto".

"Todo esto es culpa mía", dijo Taïna.

"No. No pienses eso. La culpa es de ellos, de nadie más. No permitiré que jamás creas que eres el culpable. Usted no es. Ellos son."

"Tiene razón", dijo Lorna. "Su muerte recae sobre sus hombros, no sobre los tuyos. Ellos conocen las reglas. Todo el mundo conoce las reglas".

"Me ocuparé de esto. Ve y ayuda a los demás".

"Te amo", dijo.

"Yo también te amo." Marvens la besó con fuerza y la instó a seguir adelante. Caminó lentamente de regreso a la ciudad y no miró hacia atrás. Las barras de comida ya estaban puestas en marcha, cocinando. Le temblaban un poco las manos, pero sabía que tenía que intervenir y ayudar, de lo contrario nadie habría podido alimentarse.

Moviéndose detrás de una de las barras de alimentos, comenzó a ayudar a los hombres y mujeres que se quedaron atrás a alimentar a la manada hambrienta.

Los escuchó aullar a lo lejos. Al cerrar los ojos, pudo sentir a su pareja y eso le dio consuelo.

Él estaba ahí afuera corriendo, así que debió haber tratado con Rachel y Chloe, pero pronto regresaría con ella; ella lo sintió. No había ninguna razón para que ella permitiera que esas dos mujeres creyeran que habían ganado. No lo habían hecho. Lorna y Marvens tenían razón. Esos dos habían tomado una decisión equivocada. Eso no fue culpa suya, fue de ellos.

marvens Siempre volvería y ella siempre lo aceptaría con los brazos abiertos. Así es como se suponía que debían ser.

Con un suspiro de alivio, se puso a trabajar.

La manada llegaría pronto a casa y ella no iba a ser quien los dejaría morir de hambre.

Epílogo

Cinco años después

marvens Sostuvo la mano de su compañera mientras ella le daba otro empujón. Este era su segundo hijo y, después del primero, se había prometido a sí mismo que nunca más la dejaría embarazada otra vez. Había fracasado, pero quería una gran familia con ella. Sólo ahora, cuando ella sentía dolor, lo encontró como una carga. No podía soportar verla sufrir ningún tipo de dolor, así que esto fue lo más horrible de presenciar.

Ella se dejó caer sobre la cama.

La manada estaba en la plaza del mercado esperando noticias, cuidando a su hijo primogénito, Zack.

"Te tengo, bebé. Sólo un empujón más. Sabes que puedes hacerlo."

Ya hacía cinco años que estaban emparejados. La manada había dudado en aceptarla como su compañera. Le habían jurado lealtad, pero él sabía que dudaban. Creían que debería tener a alguien fuerte y feroz. Alguien que pudiera luchar.

Día tras día, ella les había demostrado que todos estaban equivocados.

Cada vez que uno de ellos tenía un problema, acudían a ella y ella resolvía sus asuntos. Nunca nada era demasiado para ella. Su manada en los últimos cinco años se había expandido y prosperado.

En lo que a él respectaba, tenía la manada más feliz del mundo.

Sus enemigos tampoco eran ya un problema. La manada fronteriza había sido invitada a su casa y habían hecho un acuerdo de ayudar y proteger siempre.

taína había concertado el encuentro. Ella había sentido su miedo y sabía que estaban atacando porque estaban preocupados de que él los atacara.

Las cosas se habían resuelto y los asesinatos del pasado habían quedado borrados.

Todo esto sólo lo había logrado Taïna. Su esposa, su compañera. El amor de su vida. La mujer con la que quería pasar el resto de su vida.

Él besó su cabeza mientras ella le daba otro empujón, agarrándose de sus manos, y esperaba que ninguna de ellas estuviera rota. Tenía un puto agarre fuerte.

El sonido del llanto del bebé llenó el aire y él jadeó.

"Nuestro bebé", dijo.

Se aferró al amor de su vida mientras la partera envolvía al bebé y hacía los controles que necesitaba.

"Bien hecho, alfa", dijo la mujer. "Tienes una hermosa niña".

"¿Una mujer?" -Preguntó Taina.

"Sí. Una niña dulce".

La colocaron en los brazos de Taïna. Una ola de protección lo inundó tal como lo había hecho cuando nació Zack.

"Mira lo que hicimos, Marvens".

"No, cariño. Esto fuiste todo tú. Tú eres la razón de esto". Él besó su cabeza y tomó su mano libre.

Su pequeña abrió los ojos y él sonrió. Tenía ojos azules, como los de su madre. Sabía que existía la posibilidad de que cambiaran de color, pero ahora tenía una hija.

"Este es el último", dijo, susurrando las palabras contra su oído.

taína se rio. "Ya veremos. Lo dijiste sobre el último y bueno, ahora mismo tenemos una niña". Ella apoyó la cabeza contra su pecho. "Soy la mujer más afortunada del mundo".

"No, cariño, soy el hombre más afortunado. Te amo demasiado, maldita sea."

La besó y supo que reclamar su derecho era lo mejor que había hecho en su vida.

El fin

Don't miss out!

Visit the website below and you can sign up to receive emails whenever Ashley Colem publishes a new book. There's no charge and no obligation.

https://books2read.com/r/B-A-TMQAB-SKNTC

Connecting independent readers to independent writers.

Did you love *Taïna está en llamas*? Then you should read *La Mujer de sus Sueños* by Ashley Colem!

Martine Nicklas no estaba viviendo su mejor vida, pero estaba haciendo todo lo posible para llegar allí. Después de que arrestaron a su padre por malversación de fondos, ella se quedó sin un centavo, por lo que pidió prestado el auto de un amigo y decidió ganar algo de dinero como conductora. No era el trabajo más seguro, pero no tenía muchas opciones. No fue tan malo, hasta que llegó una noche.

Colin Dodley Es un adicto al trabajo que no tiene tiempo para las mujeres. Cuando la persona que le apunta con una lata de gas pimienta a la cara resulta ser la mujer de sus sueños, de repente las cosas cambian. Está obsesionado con la joven belleza que le ha robado el corazón, pero ella está haciendo todo lo posible para levantar sus muros y mantenerlo alejado. Es una lástima que tenga un mazo y sepa cómo usarlo.

Also by Ashley Colem

Bien Trop Brutal

Obsede Par Elle

Limite dépassée

Amour Improbable

Kataliya, la Parfaite Élue

Le Choix Ultime d'un Seul Amour

Réveille-toi, Barbara

Sexe à Répétition

Taïna est en feu

Captive d'une Nuit Enneigée: Jusqu'à ce qu'elle apparaisse et que son âme se sente captivée

Ces Attouchements Tabous: Cette nuit-là, il a changé ma vie pour toujours

Épuisement: Sienna est peut-être jeune, mais son corps sait ce dont il a besoin

Il va l'avoir: William veut Jesse plus que tout au monde

La Femme de ses Rêves: Il est obsédé par la jeune beauté qui lui a volé son cœur

Le No 1 des Connards: Il ne cherche pas d'excuses pour ce qu'il est ou ce qu'il fait

L'étrange Mariage du Milliardaire

Maintenant... Elle est à moi pour Toujours: Je mets un bébé dans son ventre et une bague en diamant à son doigt

Piégé par elle
Tenir si Fort: Il ne savait pas qu'une obsession pouvait s'emparer de lui aussi fort
Un Alpha de Mauvais Caractère: Aucune femme n'a jamais été capable de le gérer
Un Échange Très Étrange: Le destin de Cian et de Serenity, croisés dans un lycée américain
Limite Superato
Amore Improbabile
Kataliya, la Perfetta
La Scelta Definitiva di un Singolo Amore
Sesso ripetuto
Taina è in Fiamme
Esaurimento
Intrappolato da lei
La Donna dei Suoi Sogni
Lo Stronzo #1
Ora è mia... per sempre
Prigioniero in una Notte di Neve
Sta per Averla
Stringere Così Forte
Obsession: Tout a changé la première fois que Jackson a vu Dina
Svegliati, Barbara: Stare con Clark diventa un grosso problema
Agarra tan Fuerte
Atrapado por ella
Cautivo en una Noche de Nieve
Despierta, Bárbara
El Éxtasis de lo Prohibido: Después de que Nadia descubre que Bady la engaña
El gilipollas n° 1: No pone excusas por lo que es o por lo que hace
Ella es mía Ahora... Para Siempre

La Mujer de sus Sueños
L'estasi del Proibito: Dopo che Nadia scopre che Bady la tradisce
L'extase de l'interdit: Après que Nadia découvre que Bady la trompe
Límite Excedido
Obsesionado con ella: Finalmente tengo la oportunidad de hacerla
mía
Taïna está en llamas
Un Alfa con mal Carácter